おとのさま、ゆうえんちにいく

中川ひろたか・作　田中六大・絵

ここは、おしろの天《てん》しゅかく。

おとのさまとさんだゆうが、外《そと》を見《み》ていると、ブルブルブルブルと、大《おお》きな音《おと》が聞《き》こえてきました。

「なんじゃ、あれは」

「あれは、ヘリコプターというものでございます」

「あれが、こぶた？　こぶたが空《そら》をとぶものか」

「こぶたではございません。ヘリコプターという、ひこうきのいっしゅでございます」

「へんなひこうきじゃな」

すると、ヘリコプター

のおしりから、パラパラパラパラと、たくさんの紙切《かみき》れが出《で》てきました。紙切《かみき》れは風《かぜ》にのり、空《そら》をまって地上《ちじょう》におちていきました。そのうちの一《いち》まいが、おとのさまの目《め》の前《まえ》にフワリ。

「なんじゃ、これは」
「ちらしですな」
「おすしか」
「おすしではございません。
広告《こうこく》といって、みんなに
お知《し》らせするもので
ございます」
「なんのお知《し》らせじゃ」
「ふむふむ、近《ちか》くにゆうえんちが、
今日《きょう》オープンするんだそうです」

「ゆうえんち？　オープン？　なんじゃ、それは」

「ゆうえんちというのは、楽《たの》しいことが、いろいろある公園《こうえん》ですな。そこが、今日《きょう》からはじまるんだそうです」

「それは、おもしろそうじゃないか。行《い》こうよ、さんだゆう」

「ま、そうおっしゃるんじゃないかと思《おも》っていました。なに？　このちらしをもっていくと、今日《きょう》にかぎり、

ただで入《はい》れる
そうです」

「おう、それはいい。

で、ゆうえんちは、どこに
あるのじゃ?」

「あ、かんらんしゃがあるようです。

かんらんしゃをさがしましょう」

「かんらんしゃ?」

「大《おお》きな水車《すいしゃ》みたいなものです」

「大《おお》きな水車《すいしゃ》というと、あれか? さんだゆう」

「おお。との、そうでございます。
あれが、かんらんしゃでございます」

「おーい、さんだゆう」

「あれ？　との」

声《こえ》のほうを見《み》ると、おとのさまが、

にわから手《て》をふっています。

「との、あいかわらず、はやっ」

二人《ふたり》がゆうえんちにつくと、もうすでに、たくさんの人《ひと》が
ならんでいました。

「もうこんなに人《ひと》がいるよ」
「みなさん、楽《たの》しみにしていたのでしょうな」

そのとき、高《たか》らかにラッパのファンファーレが鳴《な》って、門《もん》があきました。かかりの人《ひと》が、ニコニコとでむかえてくれています。二人《ふたり》も、みんなのあとから入《はい》っていきました。

「さあ、どっちに行《い》こうか、さんだゆう」

「どちらにいたしましょう」

「まずは、かんらんしゃじゃないの？」

「そうですよね。そりゃ、かんらんしゃですよね」

「どうしたの？　さんだゆう。あまりのり気《き》じゃないの？」

「いえ、そんなことは……」

「ははーん、こわいんじゃな」

「ええ、まあ、高《たか》いところはちょっと……」

「ああそうか、ひこうきにのったときも、こわがっておったものな」

もうたくさんの人《ひと》が、
かんらんしゃの入《い》り口《ぐち》に
ならんでいます。

「ならぶんじゃな」

「そうですな」

「なんか、どきどきしてきたぞ」

「そうですな」

「なんか、わくわくしてきたぞ」

「そうですな」

「あれ？　さんだゆう。

ふるえてるんじゃない？」
「いえ、むしゃぶるいで
ございます」
「だいじょうぶだよ。
これは空《そら》をとぶわけじゃ
ないんだから」
「ま、そうなんでございますが」

そんな話《はなし》をしている間《あいだ》に、
じゅんばんがやってきました。

「さ、お入《はい》りください」

と、さんだゆうが
おとのさまに言《い》いました。

「あ、わしだけのせようとして。

自分《じぶん》はのらないつもりじゃな。

それはずるいよ。

ほれ、さんだゆうからじゃ」

「とほほほ、との……」

二人《ふたり》は、のりこみました。

「せまいのう」
「せまいですな」
「すこしゆれるな」
「すこしゆれますな」
「あ、うごいた」
「う、うごきましたな」

かんらんしゃは、
ゆっくりのぼっていきます。
「ほう、どんどんのぼってるよ。
さんだゆう、見《み》てごらん」
遠《とお》くに、おしろが
見《み》えました。

「そうだ。今度《こんど》、さんだゆうが
ここからおしろにいる
わしにむかって、
手《て》をふるっていうの、
やってみようよ」
「ははは、
よいアイデアですな。
でも、わたしは、ぎゃくを
きぼうします」
「そうなの？」

そう言《い》いながら、となりのゴンドラを見《み》ると、
わかいカップルが、なかよく、
楽《たの》しそうにお話《はなし》しています。
「なかむつまじいことよのう」
「は、これは、そのような
のりものでもございます」
「じゃ、あの二人《ふたり》をもっと
よろこばせてやろう」

おとのさまはガラスにはりついて、
おかしな顔《かお》をしてみせました。
「との、そのようなこと、
おやめください。
二人《ふたり》ともこまって
いるじゃないですか」
「そう？　よろこんでない？
おかしいなぁ」
「おかしいのは、
とののほうです」

と、そこに一羽《いちわ》のカラスがとんできて、おとのさまのゴンドラに止《と》まりました。

「うわっ、カラス、あっち行《い》け」

いくら言《い》ってもカラスは、知《し》らんぷり。

「では、わたくしにおまかせください」
さんだゆうはそう言《い》うと、大《おお》きな声《こえ》で歌《うた》いはじめました。
「♪か〜ら〜す〜　なぜなくの〜　からすはやまに〜」

それはそれは、とんでもなく調子《ちょうし》の外《はず》れた歌《うた》で、おとのさまは耳《みみ》をおさえながら、目《め》を回《まわ》して、そこにへたりこんでしまいました。

「かんべんしてくれ。さんだゆう」

それでもさんだゆうは、なおも歌《うた》いつづけています。

すると、カラスは顔《かお》をしかめて、むこうにとんでいってしまいました。

「どうです、
わたしの歌《うた》は」
「うーん、まいった。
ものすごいね、
さんだゆう」
「はい、わたしが歌《うた》うと、
はえ一《いっ》ぴき、近《ちか》よってきた
ことがありません」
「ああ、そうだと思《おも》うよ」

そうこうしている間《あいだ》に、おとのさまたちのゴンドラが地上《ちじょう》につきました。かかりの人《ひと》がとびらをあけると、おとのさまがゆかにへたりこんでいます。

「おきゃくさま、どうなさいました。だいじょうぶですか？」

「ああ、ごめん。こやつが、ものすごい歌《うた》を聞《き》かせるもんだから、こんなになっちゃってね」

おとのさまは、ふらふらになりながら、かんらんしゃをおりました。

そこにゴゴゴゴーッと、
ものすごいいきおいで、
なにかが通《とお》りすぎました。

「ウオッホイ！　こりゃすごい。つぎは、あれにのろう」

「ひえー、いくらなんでも、わたくし、あれは無理《むり》でございます」

「なんでも苦手《にがて》なんだね、さんだゆうは。あれ、なんていうのりものだろう？」

「たしか、ジェットコースターとかいうものと思《おも》われます」

しばらくすると、また、大《おお》きな音《おと》をさせて、つぎのジェットコースターがやってきました。

すごいスピードで、女《おんな》の子《こ》たちはキャーキャー声《こえ》を上《あ》げています。

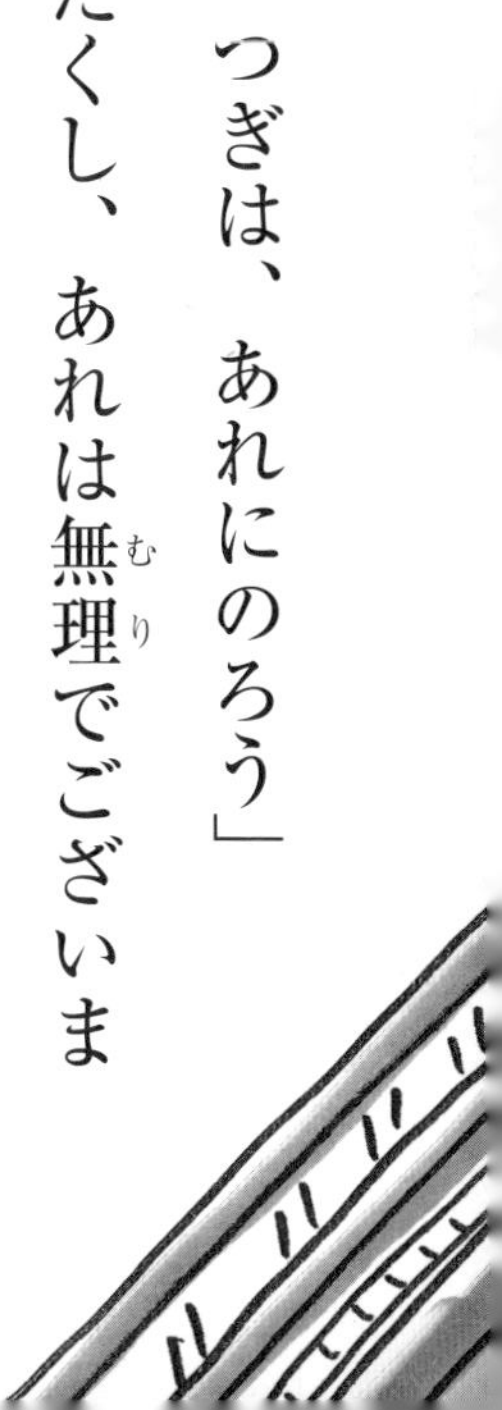

しかし、なかには、手《て》すりももたず、両手《りょうて》をバンザイして
いる人《ひと》もいます。

「あれ、やってみたい」
「との、あれだけは、かんべんしてくだされ」

「そうか、いいよ。わし、一人《ひとり》でのってくる。さんだゆうはここで見《み》てるがよい」

おとのさまがジェットコースターのりばに行《い》くと、うんよく、一番前《いちばんまえ》にすわれました。

コースターは、はじめ、ガ、ガ、ガ、ガ、ガ、ガといいながら、ゆっくりのぼっていきます。そして、てっぺんにつくと、一気《いっき》にくだっていきました。

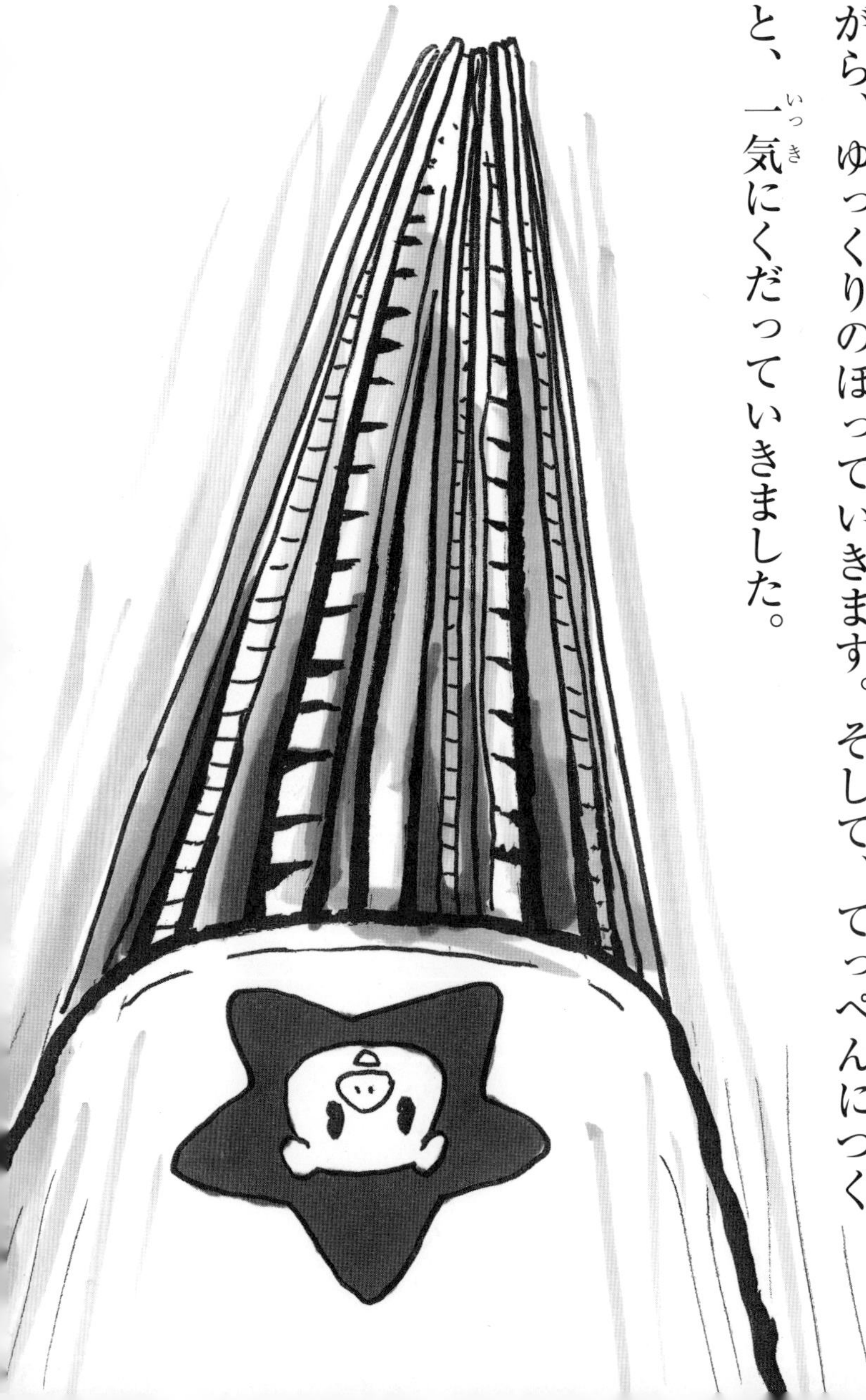

そのとき、ほとんどのじょうきゃくが、キャーッとさけび声《ごえ》を上《あ》げました。おとのさまも、いっしゅん声《こえ》が出《で》そうになりましたが、ぐっとこらえました。

そのあとは、ものすごいスピードで走《はし》りまくります。右《みぎ》にかたむいたり、左《ひだり》にかたむいたり、そのつどキャーッというひめいが上《あ》がります。

遠《とお》くにさんだゆうのすがたを見《み》つけたおとのさまは、いいところを見《み》せようと、「ヒュー」と言《い》いながらバンザイをしましたが、そのとき、おとのさまのちょんまげも、風《かぜ》にめくれあがりました。

それを見《み》たさんだゆうは、

「うわ、立《た》ってます。との、ちょんまげが、立《た》ってます！」

と、さけびましたが、おとのさまには聞《き》こえません。

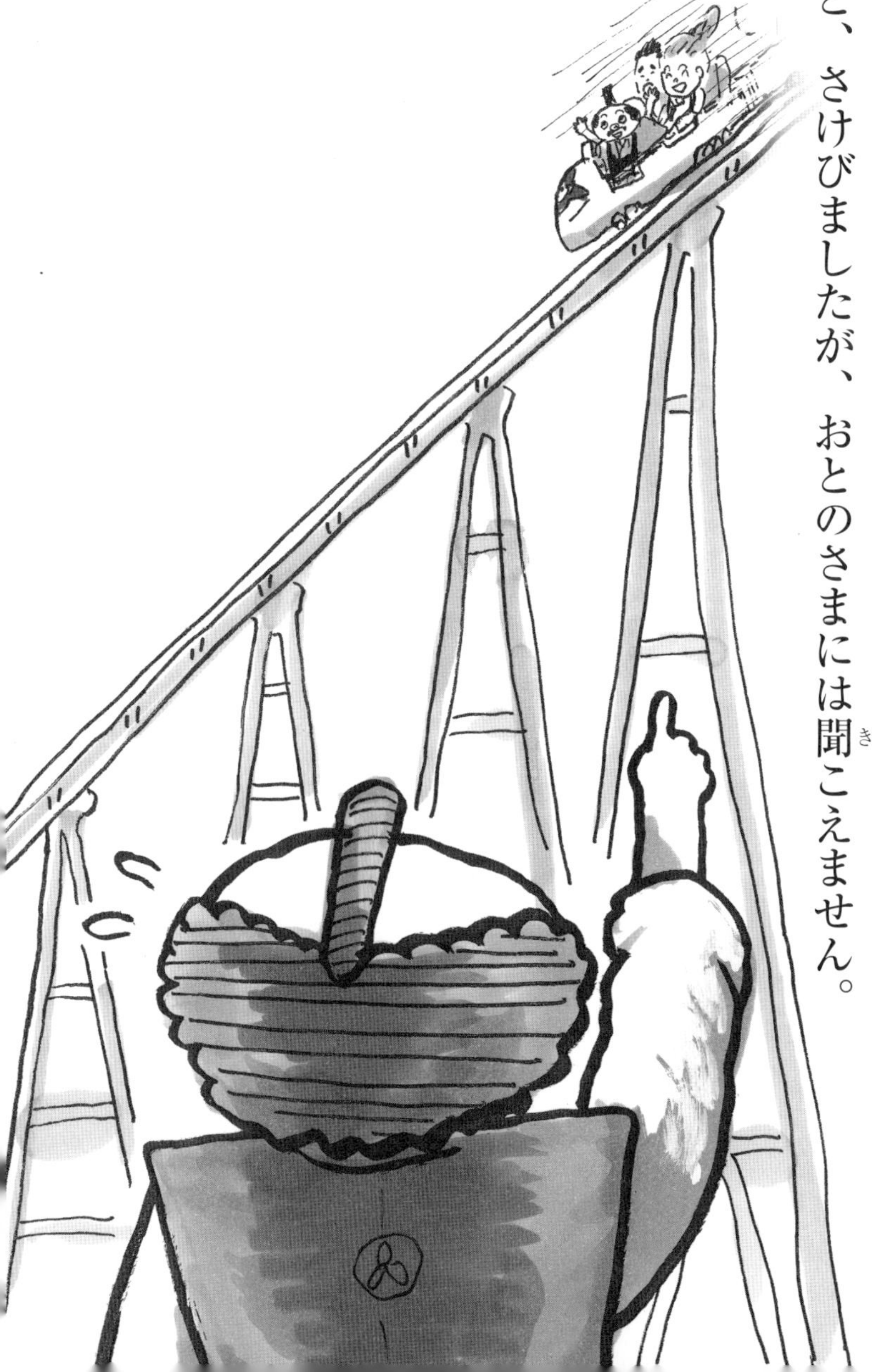

ジェットコースターは、あっというまに、終点《しゅうてん》にとうちゃく。

さんだゆうが、むかえにきました。

「どうだ。かっこよかったろう」

「ええ、まあ、かっこよかったんですが、ちょんまげが、まだめくれあがっております」

「はは、立《た》っておるのう」

「直《なお》してくだされ」

「こうか」

おとのさまは、ちょんまげを元《もと》にもどしました。

でも、すこし右《みぎ》にまがっていたので、さんだゆうは、まっすぐに直《なお》してあげました。

「今度《こんど》は、さんだゆうものれるものがいいよのう」

「そのようなものがございますでしょうか？」

「あの、くるくる回《まわ》っている、
コップのようなものはどうじゃ」

「おお、なんだか楽《たの》しげですね。

のってみましょうか」

「ここに、紅茶《こうちゃ》など、いれてのむのかな」

「それでは、紅茶《こうちゃ》のお風呂《ふろ》です」

「風呂《ふろ》に入《はい》りながら、紅茶《こうちゃ》がのめるのは、いいよのう。そうしてくれないかな」

と言《い》いながら、おとのさまは丸《まる》いテーブルを回《まわ》してみました。

するとj、コップがグルングルン回《まわ》りはじめました。

「ははは、おもしろい。これはおもしろい、なあ、さんだゆう？」

おとのさまが、むちゅうになって回《まわ》すと、さんだゆうの顔《かお》がどんどん青《あお》ざめていきます。

「との、かんべんしてくだされ。日《め》が回《まわ》ります」

「なに？　これもだめなの？　さんだゆうは、のれるものないじゃん」

「そうなのかもしれません。これなら紅茶《こうちゃ》のお風呂《ふろ》のほうが、まだよかったです」

さんだゆうは、
コップからふらふらと
おりながら、そう言《い》いました。
「さんだゆうは、はやいものとか、
高《たか》いところとか、回《まわ》るものがだめなんだね」
「ゆうえんちって、そのようなものばかりなんですな」
「みんなは、そういうことがおもしろいと見《み》えるな」
「かわってますな」
「かわってるのは、さんだゆうなのかもよ」
「はぁ、そうでしょうか」

「あれ？　子《こ》どもたちが馬《うま》にのってる。

楽《たの》しそうだなあ。あれならだいじょうぶじゃない？」

「ああ、メリーゴーランドですな」

「わしは、あの、白《しろ》い馬《うま》にのりたい」

「いいですね。どうぞ、おのりください」

おとのさまは、白《しろ》い馬《うま》にまたがりました。

「この馬《うま》、首《くび》がないよ。かわった馬《うま》だなあ」

「との、はんたいでございます」

「ああ、そうか。おう、あったあった、ちゃんとあった」

するど、キラキラした音楽《おんがく》が鳴《な》って、馬《うま》がうごきはじめました。

さんだゆうは、おとのさまの前《まえ》の、青《あお》い馬《うま》にのっています。

「こら、さんだゆう、わしより、前《まえ》に行《い》くやつがあるか」

おとのさまは、白《しろ》い馬《うま》の
おしりを思《おも》いきりたたきました。

「なんじゃ、こいつは。ぜんぜんいそごうとせん」

「馬《うま》をたたいてはいけません。メリーゴーランドの馬《うま》は、たたいてもはやく走《はし》れません」

「そうなのか、つまらんのう」

メリーゴーランドが止《と》まると、おとのさまは、さっさとおりてしまいました。

「との」

さんだゆうもおりて、おとのさまについていきました。

二人《ふたり》が歩《ある》いていると「おばけやしき」のかんばんが、目《め》に入《はい》りました。

おばけやしき
でぐち
いりぐち

「おばけやしきって、なに？」
「あちこちから、おばけが
たくさん出《で》てくるやしき
ですな」
「さんだゆうは、おばけが
すきか？」
「すきではありませんが、
子《こ》どものころ、わたしも
おばけになって、おばけやしき
ごっこなど、よくしたもので

ございます」

「へぇ、じゃ、だいじょうぶだね。入《はい》ってみようよ」

「あ、あ、はい」

おとのさまとさんだゆうは、中《なか》に入《はい》っていきました。

二人《ふたり》が入《はい》ると、いきなり、てんじょうから、やぶれちょうちんがおりてきました。

「きゃっ」

おとのさまは、小《ちい》さく声《こえ》を上《あ》げました。

「ははは、こんなもの、ぼうの先《さき》についているちょうちんです。かかりの人《ひと》がやっているのです。なにも、おどろくことはありません」

「へぇ、さんだゆう、こわくないんだ」

少《すこ》し先《さき》を歩《ある》くと、火《ひ》の玉《たま》が出《で》てきました。

「わ！　火《ひ》の玉《たま》」

「これもいっしょ、ひもでつるしてるだけですよ。ほら」

と、さんだゆうは、火《ひ》の玉《たま》をつかんで言《い》いました。

「こら、やめろ」

「わ、おばけがおこった」

「はは、おばけさん、ごめんね」

さんだゆうは、よゆうで言《い》いました。

「ぜんぶ、かかりの人《ひと》がやっているのです。なにも、こわくありません。さ、先《さき》を行《い》きましょう」

角《かど》をまがると、不気味《ぶきみ》な音《おと》が聞《き》こえたり、生《なま》あたたかい風《かぜ》がほほをなでたりしましたが、おとのさまも、もうすっかりなれたのか、おどろいたような気配《けはい》もありません。

それどころか、声《こえ》ひとつ、足音《あしおと》ひとつ聞《き》こえません。

「あれ？　との！　との！」

さんだゆうがよんでも、おとのさまは答《こた》えません。

「との、どこにかくれてるんですか」

いくらよんでも、へんじがありません。

すると、どこからか、不気味《ぶきみ》な声《こえ》が聞《き》こえてきました。

「さ〜ん〜だ〜ゆ〜う、こ〜こ〜に〜い〜る〜よ〜」

さすがのさんだゆうも、その声《こえ》にぞっとして、声《こえ》を上《あ》げそうになりましたが、じっとこらえました。

その声《こえ》は、くらやみのあちこちから聞《き》こえます。

「さ〜ん〜だ〜ゆ〜う」

「おとのさま、どちらですか。どこに行《い》かれたのですか?!」

「ここだよ、さんだゆう。こっちだよ、早《はや》くおいでよ」

「ええ?　こっちですか?」

さんだゆうが、声《こえ》のほうにむかおうとした、そのときです。


さんだゆう〜

さんだゆう〜

てんじょうから、ざんばらがみの首《くび》が、たれさがってきました。

そのおばけの目《め》と、さんだゆうの目《め》が合《あ》ってしまったものですから、

「ぎゃあああ!」

さんだゆうは、大《おお》きなさけび声《ごえ》を上《あ》げて、こけつまろびつ、外《そと》に出《で》ていきました。

そこに、さっきのおばけがやってきました。

「きゃー、おばけ～！　どうぞおたすけを～」

さんだゆうは、地面《じめん》に頭《あたま》をこすりつけながら、そう言《い》いました。

「ははは、さんだゆう。わしじゃ、わしじゃよ」

「え？　おとのさま？」

「そう、さっきね、おばけのかかりの人《ひと》が、わしにおばけのやくをさせてくれるって言《い》うから。いいけど、どうしたらいいの？　って聞《き》いたら、ちょんまげをほどくだけでいいって言《い》うのよ。こわかった？」

「こわかった？　じゃございません。あたしゃ、こしがぬけました」

「ははは、そうかそうか。ちと、度《ど》がすぎたかのう。それはわるかった。じゃ、そろそろ帰《かえ》るとしようか」

「はい、わたくし、さんだゆう、ゆうえんちは、もうこりごりでございます。でも、おとのさまともあろうお方《かた》が、そのかみがたでは、帰《かえ》れませぬ。ちゃんと、ちょんまげをゆいなおしてから帰《かえ》りますぞ」

　さんだゆうは、そう言《い》うと、つつみの中《なか》から、くしとひもをさがしはじめました。

「おお、あったあった。ほら、との」

しかし、おとのさまのすがたが見《み》えません。

「あれ？　との、との。どこにいかれました、との！」

すると、むこうから
きものをきた、ぶたがやって
きました。
「さんだゆう、かえるぞ」
それは、ぶたのおめんを
かぶったおとのさまでした。
「との……」
さんだゆうは、ひたいの
あせをふきふき、
そうつぶやきました。

中川ひろたか（なかがわ　ひろたか）

1954年生まれ。シンガーソング絵本ライター。保育士として5年間の保育園勤務ののち、バンド「トラや帽子店」リーダーとして活躍。1995年『さつまのおいも』（童心社）で絵本デビュー。歌に『にじ』『みんなともだち』『世界中のこどもたちが』ほか。作品に、自叙伝『中川ひろたかグラフィティ』（旬報社）、詩集『あいうえおのうた』（のら書店）、絵本『ともだちになろうよ』（アリス館）、幼年童話『おでんおんせんにいく』「おとのさま」シリーズ（共に佼成出版社）ほか多数。

田中六大（たなか　ろくだい）

1980年東京生まれ。漫画家・イラストレーター。多摩美術大学大学院修了。「あとさき塾」で絵本創作を学ぶ。『ひらけ！なんきんまめ』（小峰書店）のさし絵でデビュー。絵本の絵に『だいくのたこ8さん』（くもん出版）、『ねこやのみいちゃん』（アリス館）、『おすしですし！』（あかね書房）『しょうがっこうへいこう』（講談社）、童話のさし絵に「日曜日」シリーズ（講談社）、「おとのさま」シリーズ（佼成出版社）、漫画の作品に『クッキー缶の街めぐり』（青林工藝舎）がある。

おはなしみーつけた！シリーズ

おとのさま、ゆうえんちにいく

2015年12月10日　第1刷発行
2020年 3 月 5 日　第2刷発行

作　中川ひろたか
絵　田中六大
発行者　水野博文
発行所　株式会社 佼成出版社
〒166-8535 東京都杉並区和田 2-7-1
電話（販売）03-5385-2323
（編集）03-5385-2324
URL http://www.kosei-shuppan.co.jp/
印刷所　株式会社 精興社
製本所　株式会社 若林製本工場
装　丁　津久井香乃古（エジソン）

ISBN978-4-333-02721-7 C8393　NDC913/64P/20cm

同《おな》じ絵《え》がひと組《くみ》だけあるよ！